# 청노루 똥은 하얗다

시와함께(Along with Poetry) 시인선 032

# 청노루 똥은 하얗다

주한태 제7시집

시와함께 넓은마루

## | 시인의 말 |

산그늘 해맑은 연노을
청노루 가는 길 들풀 의초롭다

벽도산[1] 하늘에 별빛
푸른 동해 파도 대지를 밝힌다

풀벌레, 아지랑이, 산새들
앞마당에 찾아와 고개 내민다

나의 내면과 등가적으로
조화를 이루는 길 가고자 한다

2024년 5월

일곱 번째 글
목월 생가 곁에서 주 한 태

---

1) 경주시 율동에 있는 산, 복숭아나무가 많이 자생하는 산

| 차례 |

## 제2부 친정 가는 날

## 제3부 새하얀 달빛

## 제4부 보랏빛 구름 되어

# 제1부

# 청노루 똥은 하얗다

# 청노루 똥은 하얗다

실바람에 댓잎 속삭이는 소리 귓전을 스친다. 뻐꾸기 애처로운 울음소리에 길을 따라가 보았더니 뻐꾸기는 보이지 않고 나뭇가지만 가늘게 흔들리고 언덕 위에는 휘파람새가 삭정이와 마른 풀 물어 날라 둥지를 틀고 있었다. 깃털이 자욱한 둥지에는 잡새가 유난히 큰 알 뻐꾸기를 품고 있었다. 키 큰 물푸레나무가 감추어 두었던 그늘을 조금씩 내밀며 둥지 곁에 일렁이고 있었다.

대밭에는 댓잎 소리 바람에 사각거리고 이름 모를 잡새들이 탱자나무 사이를 쏘다니면서 벌레들과 함께 숨바꼭질하고 있었다. 어미 잃은 고라니 새끼 한 마리가 꾸웩꾸웩 서글프게 우는 소리가 가까이 들려오고 있었다. 해질녘이 되자 산까치들이 쌍을 지어 나의 둥지를 한참 바라보다 날아간다.

비오는 날에는 댓숲에 작은 빗방울 떨어지는 소리, 까투리 알 까는 소리. 베짱이 날개 비비는 소리, 고추잠자리 꼬리 흔드는 소리가 어우러져 연주회 준비하느라 야단이다. 물 한 방울, 모이 한 줌 주지 않아도 찾아와 들려주는 새들의 노래 소리, 짐승의 재롱들, 빗속에 피어오르는 물안개의 눈동자, 등 굽은 소나무가 함께 춤을 주며 하나의 동네를 만든다. 하루에도 헤아릴 수 없이 많은 생명들이 찾아와 함께해 주니 어느새 신흥 재벌이 된다.

언제나 스스로 먹고 마시고 놀며 들쥐와 개구리까지 함께 모여 사는 청운산 언덕이기에 곱게 나래짓 하며 머물다 가고 다시 약속 없이 얼굴을 마주치는 곳이다. 잠시 자리를 비우는 사이에 산그늘 내려와 쉬었다 가고, 가을바람에 빨간 고추잠자리가 다시 돌아와 햇볕에 날개를 말리고, 주인 없는 책상 위를 빙빙 돌다 가기도 한다. 식구들이 서로 의지하고 도우며 살고 있으니 어느 하나 귀하지 않은 것이 없다.

농사를 귀찮게 하는 들풀, 풀잎 갉아 먹는 벌레들까지도 같은 식구이기에 때와 장소를 가리지 않고 반가이 맞아 준다. 둥지에 청노루 한 마리가 내려와 하얀 똥을 싸 놓고 시들지 않은 꽃 하나를 피우게 해 달라고 조른다. 잊혀지지 않는 하루를 묻어 놓는다.

# 살구나무 그늘 밑에서

섬마을 낡은 초가집
고목 옹이가 눈을 둥그렇게 뜨고 있다
풍파에 병풍이 되어 주고
한 많은 사연 눈물로 달랜다

대오리 살평상에
할머니 할아버지 답 없는 얘기로
하루 종일 입씨름을 한다
사랑인 듯 울다가, 싸움인 듯 웃다가

부끄럼은 동네 앞 짚더미에
자존심은 언덕 위 나무 그늘에 묻어 둔다
숱한 연륜에 젖은 사랑을 담고
때묻은 로맨스가 나이를 잊어 먹는다

딱따구리 쪼아대는 노래 소리
살평상의 분위기를 돋운다

자지러지게 달린 잘 익은 살구들

하루의 이야기가 노랗게 웃음 짓는다

# 호수의 눈빛

넌 호수가 되기 전
산등성이 허름한 웅덩이였다
휘어진 실버들 가지 하나
목을 길게 빠트리고 숨을 쉬고 있었다

내가 처음 호수를 찾았을 때
솔가지 사이로 햇살이 스며들고 있었다
길섶에 개나리가 호수를 끌어안고
노란 꽃망울 미소로 눈짓을 주었다

붉은 노을녘 호수를 찾았을 때
달그림자가 물결에 아른거리고
실바람에 버들가지 곱게 흩날리며
호수는 자잘한 물결로 파르라니 깨어났다

그리움에 젖어 호수를 찾았을 때
벚꽃 가지가 조금씩 움 틔우다 말고

가볍게 날리는 이슬비를 맞으면서
물방울과 소곤소곤 이야기하고 있었다

진눈깨비가 날리는 날
호수를 한참 바라보고 있으니
지난날 고개를 떨구며 말 없이 떠난
당신의 얼굴이 물 위에 아른거리고 있었다

# 소풍 가는 길

I

백순 어머니 입관을 뵈니
새옷 곱게 차려입고 소풍을 가신다
이승의 회한을 벗고
겉옷은 꽁꽁 불사른다

눈 감을 때까지
자식을 그냥 풀어놓을 수 없었던가
조바심에 세월은 덧없이 흘렀다

죽음은 새싹을 틔우는 여명
어머니의 나지막한 숨결 소리가
귀를 닫아도 종소리로 울려 펴진다

분신을 남기고 가는 아쉬움
생명의 존재로 이어지는 고리
고요의 정적이 흐른다

형제간 정분 잃어버리지 말라셨는데
숯가마골 앞산에 묻고 나니
윤사월 보름달이 유난히 밝다
크고 잘생긴 귀 달린 달님이
살구정 동산 위에 걸렸다

II
모량리 대보름 달집태우기 불꽃
하늘에 치솟자 달님이 내려오신다
흐르는 구름 그림자 마중물이 되고
불꽃은 파랗게 솟아 마을 한 바퀴 돈다

용솟음치며 하늘로 올라갈 때
어머니 빨강 버선 신고 먼길 가실 채비를 하신다
동네 사람들 영문 모른 채
사물놀이 박수 소리가 단석산에 울려 퍼진다

은빛 조등이 살구나무에 걸리고
잔치 국밥이 허기진 배를 채운다
며칠 식사를 거르신 어머님 수저가
식탁 가장자리에 쓸쓸히 놓여 있다

밥 생각 없다 손사래 지으시며
아들, 손자들에게 많이 먹어라 하시고
뒤돌아보지 않고 달님의 귀를 잡으신다
타다 남은 모닥불 새벽을 깨운다

# 구름 그림자

구름이 왔다 가네

그림자 그림 그려 놓았네

벽도산에
동해의 푸른 해룡
이야기하는 모습 그려 놓았네

사연 많은 그림자 그림

그제는 단석골 산마루에
청노루 한 마리
시 쓰는 모습 그려 놓고 가더니

오늘은
멍청한 내 얼굴
산등에 걸어 놓고 가네

# 경주에 꽃이여

보문 벚꽃길을 걷는다
꽃에 앉았다 따라오는 길동무 나비

천마총 따라 벚꽃은 터널을 이루고
나비 날개에 실려 온 아지랑이 떠간다

너는 떠가는 구름이 되고
나는 반짝이는 경주에 꽃이 된다

벚꽃이 나비처럼 날아간다
바람에 꽃잎이 웃음소리처럼 흩날린다

보문 벚꽃길을 걷는다
민들레꽃 봄소식 물고 오는 춘삼월

황남총 따라 벚꽃은 비단길 만들고
원앙새 노래 소리에 물결도 춤춘다

너는 나부끼는 경주의 꽃이 되고
나는 가녀린 이견대의 옥피리 된다

향기는 호수를 맴돌다 가고
바람은 주홍빛 노을처럼 사랑을 물들인다

# 할머니 칼국수

할머니 손등에
지렁이가 꿈틀꿈틀 기어간다
칼국수를 빚는
손놀림이 예사롭지 않다

할머니는 키가 작지만
홍두깨를 마음대로 주무르신다
밀가루 반죽을 말았다 펴고
콧노래 불러가며 맛을 불러들인다

담장에 라일락, 아카시아 향기,
지붕 아래 제비 새끼들 노래를 섞는다
바라보는 외손녀와 눈 맞춰가며
가느다란 미소를 한 모금씩 삼킨다

살구 익는 소리에 노랗게
할머니 칼국수 맛을 더한다

젓가락을 놓자 배가 고프다

첫눈이 어둠을 뚫고 둥지로 내려오면
둥근 달이 팽나무에 걸리고
할머니가 몰래 오셔서
머리맡에 칼국수 한 그릇 놓고 가시리.

# 팽나무 그늘 아래

목월 생가 앞산 소나무 숲을
흰 솜털 이불처럼 덮고 있는
왜가리 떼
한동안 잠잠한 사이,

저 아래 논밭은 푸르름을 더해 가고
속 빈 낮달이 팽나무에 걸린다
귀먹은 할머니 새우 등 두드리며
꼬부라진 호미 들고 밭매러 간다

하오의 피곤함에 긴 하품을 토하며
나는 방아깨비처럼
끄뜩끄뜩 단잠에 빠지고 만다

멀리 지나는 기차
산을 돌아가는 기적 소리에 실눈을 뜨니
하루의 피로가

잠자리 날개에 실려 날아간 듯
고라니처럼, 청노루처럼
단숨에 언덕을 치고 오를 것만 같다

## 월성의 고요

큰 짐승 마을에 내려온 날
개 짖는 소리 사라지고 눈물만 글썽인다
열차가 지나간 철로 위에 아지랑이처럼
마구 흔들리던 대나무가 숨을 죽이고 있다

고요가 나무 사이로 걸어간다

힌남노* 지나간 자리에 폐허
허물어진 건물들이 고개를 떨구고 있다
흔들림 멈추고 고요가 살아 숨쉰다

경주 월성은
300년 긴 잠에서 깨어나고 있다
일제가 갈라놓은 안압지 철로가 치워졌다
김별아 작가는 〈월성의 긴 잠〉을
권달웅 시인의 〈고요의 무게〉를 송가로
고요가 정적을 깨고 일어나고 있다고 했다

서광이 비치는 가느다란 길을
신라 왕국이 대지를 향하고
월성은 고요의 노래를 부를 것이다
기다림의 지침에서 햇살 속으로

연오랑과 세오녀가 새 터전으로
손잡고 걸어온다

* 태풍 이름

# 인연

산 너머 강 건너 오지에 발령이 났기에 한숨이 절로 났다. 얼마나 가슴이 아픈지 교직을 버릴까 싶었다.

아침에 타오르는 솔밭에 해오름, 해 질 녘 넘어가는 저녁노을, 밤새도록 울어 주는 풀벌레들이 하나씩 마음을 흔들리게 했다. 교직원 대부분은 신규 교사이기에 총각, 처녀 선생이 주를 이루고 있었다. 그래서 교무실은 항상 젊음이 넘쳐 활기찼다.

낮에는 학교생활이 즐거웠고 저녁이면 젊은 선생들이 모여 교장 선생님 흉도 보고 솔밭에 밤 갈매기 울음소리 하며 소나무 숲속을 거니는 분위기가 가슴을 저리게 했다. 신규 교사 모임을 만들었더니 내가 회장이 되자 바로 총무를 한다고 하였다. 원래 부산 사람들은 서슴없이 자기표현을 잘하는 것이 특징이다. 회장, 총무와 만나는 것이 그래도 좀 자연스러운 것 같았다. 좁은 동네를 피해 보문단지에 데이트 신청을 했더니 쾌히 승낙하였다. 서로가 마음에 들었다기보다 그 당시 처녀 나이가 27세이면 노처녀라고 놀리며 시집 못 간다고 걱정하던 시절이었다.

그러자 나의 나이가 29세인지라 열애가 싹트기 시작을 하였다. 바로 그때 시골에 적응 못 해 고향을 그리며 부산 기장으로 도간 교류로 전근 가려고 하던 참이었다. 행운의 여신이 길목을 잡아 주었기에 그녀를 배필로 맞이하게 되었다. 늘 맏아들에게는 시집가지 않는다는 말을 노래처럼 부르던 부산 처녀.

둘째 아들이라 쉽게 수긍을 하였는데 형님이 미국으로 유학을 가게 되어 그곳에 영주하게 되었다. 하는 수 없이 운명적으로 대역을 맡게 되었다. 인생은 살아봐야 맛을 안다는 말씀이 이제야 가슴을 적신다. 상처를 준 시골 발령이 운명의 길이 되고 말았다.

# 백로처럼

금장대* 능선에
왜가리 떼 하얗게 솔숲에 앉아
목화 이불 뒤집어쓰고
굽이치는 물너울에 손짓한다

강물에 떠가는 사람들아,
겨우내 참았다 피어온
차가운 마음이 따뜻해졌다면
구름에 떠가는 사람들아,

고위산정을 어루만지는 달빛
곱게 스며드는 자잘한 미소
물결에 알알이 비치는 네 마음
걸어 두면 어떠하오

먼동이 트는 길목
새벽 이슬 맞으면서

가신 님 그리워

목을 길게 드리우고 있는 백로처럼

* 경주에 형산강 예기청소(沼)을 바라보고 있는 정자

# 할머니의 한숨

꼬부랑 할머니가
몽당 호미를 들고 고구마밭에 간다
잎사귀는 고라니가 다 따먹고
알맹이는 고부라져 볼품없다고 투덜댄다

밭고랑 땅을 팔 때마다
볼품없이 고부라진 고구마들
연달아 줄이어 올라온다
속상한 할머니의 한숨 소리
(후유----)

'하늘이 무심하다 무심해'
(호미로 빈 땅 치며--)
거듭 이어지는 한숨 소리
멀리 사라지지 않고 고부라져 되돌아온다

낮달도 고부라져 피나무에 걸리고

쌓인 피로가 눈꺼풀을 잡아당긴다
고목나무 밑에 답 없는 영감쟁이들 호들갑
토라진 할머니의 빈 가슴을 어루만진다

고랑마다 바싹 마른 땅
가뭄탄 감자밭 고개를 떨군다
몽당 호미는 저만치
밭고랑에 고부라져 누웠다

# 얼룩진 편지

이슬 맞은 참나리 꽃
하얀 사기 쟁반에 물방울처럼 영롱하다
햇살에 반짝이는 초롱 눈망울처럼
애띠고 맑다

연두빛 볼기가 파르라니
배꽃 가지 달빛 그늘에 고개를 내민다
개똥벌레 점점이 불 밝히고
청노루가 사각사각 연필을 깎는다

산도화꽃 머리에 꽂으니
초가집 창호지 문틈에 달빛이 스민다
창가에 아롱진 작은 별을 받쳐 들고
눈망울 편지를 써 보낸다

풀잎에 쪼그려 앉은 달빛
보이지 않는 편지를 읽는다

# 호수는

겨우내 꽁꽁 언 호수에
아지랑이가 머리를 풀고 깨어난다
호수는 오랜만에 가슴을 열고
물결은 층층이 봄을 만들고 있다

둘레길에는 물안개가 떠 오르고
물오리는 오색 물거품을 일으키고
잉어 한마리 머리를 쳐들고 울어댄다

길섶에 늘어선 실버드나무
호수에 가지를 드리운다
원앙은 꼬리 흔들며 귀를 쫑긋거리며
봄을 재촉하느라 바삐 쏘다닌다

잠에서 깨어난 개구리
입 벌리고 움츠렸던 몸을 편다
사각사각 잎진 댓잎 소리
들릴듯 말듯 빗소리가 귀를 잡아당긴다

## 달빛 아래서

새털구름이 모시 적삼 걸치고
하염없이 먼 산을 걸어간다
허공에 떠가는 젊은 날의 기억들
뇌리를 스치며 가슴을 들썩이게 한다

목련꽃 향기 마을 어귀에 맴돌고
해 질 녘 산그늘 마을로 내려온다
살구꽃은 몽우리조차 맺지 않았는데
새콤한 맛이 혀끝을 찌른다

노을이 물들어 서산을 넘어가자
뻐꾸기는 몰래 새끼를 데려가고
휘파람새는 영문을 모른 채
흐르지 않는 눈물로 가슴을 꽉 메운다

모량리 달빛은 들꽃에 젖고
바람은 간간히 댓잎을 휘몰고 가고

장끼 한 마리 산언저리에서
까투리 울음에 날개를 흔들어댄다

허공에 떠가는 외로움
갓 피어오는 찔레 향기로 닦아 주고
남은 애절함은
배꽃가지 그늘에 드리워 달랜다

# 제2부

## 친정 가는 날

# 친정 가는 날

외아들 앞세우고
친정 길 발걸음 가볍다
막내딸은 한복 챙겨 입고
엄마 치맛자락 꼭 잡는다

꼬리없는 동경이*
엉덩이 삐툴거리며 따라나선다
꽉 찬 가방을 등에 메고
갈 길을 재촉하지만

아들아이
무논에 올챙이
신발 벗어 한 마리씩 담고
딸아이
논두렁에 핀
봉숭아 꽃 손톱 위에 얹고
엄마에게 꼭꼭 감아 달라고 한다

담 모퉁이 돌아
감나무 늘어진 기와집
울타리에 걸린 수궁화 넝쿨
싸릿문에 걸치고 싱그럽게 웃는다

마중 나온 낮달이
살구나무에 걸터앉아
가지 틈 사이로 고개를 내밀며
나무 그림자를 조금씩 내어준다

어릴 때 함께 물놀이했던
호선이는 아직도 시집 못 가고
절름발이 태야는 늘 벙어리 웃음
부족함이 없다는 표정 쓴웃음을 짓는다

친정집 우물가에는
달맞이꽃 불그레 봉오리를 맺고

먼 산을 바라보고 있는 해바라기
노란 얼굴 보름달처럼 웃는다

*경주 토종의 개 이름

# 방울꽃

목덜미에 달랑달랑

연분홍 립스틱 파르라니

간드러지는 눈초리

내 마음 흔든다

# 빗소리에 젖어

지루한 장마 끝에
남은 빗소리가 문지방을 건넌다
못다 한 이야기를 하려는 듯
가늘게 내리다 다시 쏟아지고

문설주에 귀 대고 듣는다
물방울 소리에 작은 흐름
코스모스가 꽃 피우려다 말고
풀밭에 방아깨비 가는 길을 멈춘다

골목길 가로등 불빛 가물거리고
댓잎 소리 사이로 물안개 떠간다
땅거미가 흙을 헤집고 기어가고
거미가 먹이 찾으려 그물을 친다

어둠이 짙어지자 처마 밑에
빗방울이 눈물 머금고 담소를 즐긴다
잊혀진 사랑이 빗소리를 재고
깨어진 바가지가 사랑을 담고 있다

언덕 위에 설악초 눈을 맞으며
하얀 면사포를 쓰고 귓속말을 건넨다
빗방울이 하나씩 꿈을 만들고
잊혀진 첫사랑이 빗소리에 움츠린다

# 양귀비

연분홍 뽀하얀 얼굴
빨강 립스틱 짙게 바른 채
아침 햇살에 미소를 머금는다
허공이 빨갛게 물든다

나비 날개에 실려 온 꽃내음
치맛자락 곱게 나풀거리는 모습
눈망울을 꼭꼭 묶어 놓는다
잊혀진 사랑이 길을 찾는다

# 화개장터

하동 할매 막걸리 한 사발
구레 할배 재첩국 한 그릇
보골보골 매운탕이 섬진강을 삼킨다
너도 한 잔
나도 한 잔

영감네 너털웃음 장판을 녹인다

강 넘어 따뜻한 온기 나비 날개에 싣고
산사 종소리가 아지랑이를 싣고 동네를 누빈다

하동 할배
오늘 잘 놀았니더 내일 또 보입시데이
구례 할머니
알았땅게 잘 놀았지어 내일 또 보드랑께

경상도와 전라도
허공에 뜬 구름처럼 겹쳐 흐른다

# 강물

모래로 둘러싸인 형산강
모래 언덕 쌓으며 꿈을 키웠다
강물은 길을 만들어 주었고
쉬지 않고 흐르는 것을 가르쳐 주었다

강물이 굽이쳐 흐르는 것은
한 많은 사연을 헤아리고자 함이요
출렁이며 흐르는 것은
꿈과 희망을 싣고 가고자 하는 것 같았다

강물이 고즈넉이 흐르는 것은
서러웠던 아픔을 달래고자 함이요
고요히 잠들며 흐르는 것은
한 서린 사연 내려놓고자 하는 것 같았다

강물이 달빛에 젖어 흐르는 것은
그리움에 젖은 사랑을 심고자 함이요

곳곳이 들여다보고 흐르는 것은
단단한 결실을 맺어 주고자 하는 것 같았다

강물이 풀벌레 소리 담아 흐르는 것은
산과 들을 풍요로 가득 채우고자 함이요
똑바로 곧게 흐르는 것은
흔들리지 않게 뿌리내려 주고자 하는 것 같았다

강은 무거운 짐을 지고
멀고 구부러진 길이라도 쉬지 않고 간다
돌아올 수 없는 길을 가고 있기에
모든 것을 끌어안고 말없이 흘러갈 뿐이다

# 연정

여학교 담장 밖을 내다보는 이팝꽃
장독대에 밤새 내린 눈송이 같았다
물끄러미 창밖을 내다보니
당신의 뽀하얀 모습이 유리창에 비치었다

교정 라일락 향기
나비 날개에 실려 운동장에 떠가니
네가 즐겨 불렀던 그 시절 풀피리 소리
나의 허전한 가슴을 어루만진다

교문에 배롱나무 꽃봉오리 맺고
꽃가루가 흰 고무신 위에 소복이 쌓이면
하얀 눈을 밟으며 떠났던 당신이
목화꽃 한아름 안고 오는 것 같다

접시꽃 빨간 몽우리를 두고
낙엽이 지고 찬 바람이 불어오면

잊을 수 없는 옛일들
긴 여정의 그림으로 벽을 채운다

# 달빛 길목에 서서

반월성 긴 잠에서 깨어나고
천년의 한숨 이겨대 옥피리 소리 스친다
피리 소리에 잠긴 다민족 얼굴들
밤낮없이 황리단길 불 밝힌다

무상한 세월의 풍파를 밟고
어둠 속을 뚫고 온 화랑의 후예들
서라벌 노을을 안고서 찾아오니
가슴에 멍든 자국 구름처럼 사라진다

도당산 샛별은 유난히 밝고
에밀레 종소리 곱게 귓전에 닿으니
당신의 소원을 들어주려는 듯
하늘의 별똥별 길거리에 수놓는다

오릉벌 정원에 귀뚜라미 슬피 울고
달빛이 보랏빛 구름 사이로 비춰 주는 날
지난해 세상을 떠나신 어머니 발자국 소리
달빛 따라 걸어오시는 것 같다

달빛 오는 길목에 서서

# 들길

벽도산 논두렁 길
새끼 노루가 걸음마를 한다
하얗게 핀 들꽃들
지나는 까뚜리를 보고 눈을 동그랗게 뜬다

해 뜨면 일어나고, 해 지면 잠자는
꼬부랑 할머니가 몽당 호미를 들고
꼬불꼬불 논두렁 잡초 뽑으러 간다
똥강아지가 눈을 비비며 따라간다

언덕에 들풀이 바람 불어 의초롭고
새 울어 꽃 피우는 들길
망아지가 앞마당 짚더미를 뒤지며
코 대고 구수한 냄새를 맡는다

동네 살림살이를 도맡아 하는
이장 아줌마가 무명 바지 차림으로

인사를 건네며 재빠르게 지나가니
마을에 웃음꽃이 활짝 피어난다

부흥사 담장 아래 들고양이가
햇볕을 쬐며 무엇인가 핥고 있다
절간의 새벽 종소리에 산토끼가
눈망울을 휘저으며 줄행랑친다

# 바람이 불면

봉숭아꽃은 손톱에 곱게
물들여지려고 예쁘다

청개구리는 연못에 첨벙
뛰어들려고 날씬하다

고라니는 재빨리 피하려고
눈이 동그랗다

억새는 바람에 흔들리려고
잎사귀가 길다

청노루는 시를 쓰기 위해
둥지로 내려온다

바람이 불면…

# 초롱꽃

하얀 종들이 살랑살랑 담소를 나누고 있다
실바람에 사르르 나래 펼친다
한참 들여다보고 있었더니
깜빡, 나의 목에 달랑 걸려 버린다

# 고라니의 슬픔처럼

해가 중천인데
고라니 한 마리 목월 생가에서
청노루가 싸 놓은 하얀 똥을 밟고
다리를 절룩거리며 나온다

겨울 산에 먹이가 있으랴
〈윤사월〉시비를 기웃거린다
시비에 쌓인 하얀 눈이 허기를 부추긴다
시 낭송하는 소리 자욱하다

달아나는 고라니 뱃속에서
딸그락 빈 도시락 소리
초등학교 시절 하교 길 추억들이
주마등처럼 스쳐 지나간다

허기진 고라니의 슬픔처럼
새벽인지 모르고 울어대는 비둘기

오지 않은 님을 애타게 그린다

흰 제비가 잡새들에게 목숨을 잃는다

# 개구리 떼울음소리

농부들이 하루를 마감하고
저녁노을 움막에서 술잔을 기울인다
무논에 개구리 떼울음소리
엄마 잃은 듯 울어댄다

한참 울다 죽은 듯이 고요하니
실바람은 어둠을 타고 정적을 깨트린다
달빛 그림자가 문틈으로 스며들어
술잔을 잡아당긴다

동네 뒷산을 들썩이던
뻐꾸기 울음소리 가까이 들려온다
크고 작게 리듬에 맞추어 노래하니
천연 오케스트라를 듣는다

무논에 어둠이 익어 찰랑이고
다시 깨는 떼울음이 마음을 저리게 한다

어둠의 율동이 술잔에 아른거린다

어느새 초저녁에 삼키고 만다

# 모량의 달

단석산 달 유난히 밝고
목월이 다니던 길은 길고 좁다랗다
꼬부랑 갯도랑에 물이 굽어 흐른다

달빛은 창틈으로 들어와
야생화 날리는 꽃방석을 깔아 놓는다
꽃사슴 싸 놓은 똥 위에 하얀꽃
달빛에 어리고 있다

산기슭 마을 호롱불
짐승 울음소리에 가물거린다
마음을 적시는 갯도랑의 물소리
나지막이 흘러 먼 길을 걸어간다

모량리 달은 새벽이 오는지 모른다

## 호롱불이 그리도 밝았다

야간에 방천 둑 거닐 때
대낮같이 불 밝히고 운동을 한다
고개를 갸우뚱하다 어린 시절이 그립다

초등학교 시절
개똥벌레 잡아 불 밝히고
어둠 타고 그림 그리기 하며
나뭇가지 꺾어 마당에 달님을 그린다

방구석에 호롱불 하나 켜 놓고
어머니는 다섯 식구 양말을 깁는다
작은형은 웅변대회 원고를 외우고
누나는 숙제인 〈여우비〉 시를 암송한다

문틈으로 새는 호롱은
새벽이 되어도 꺼지지 않고 일렁일렁
그리도 밝았다

제3부

# 새하얀 달빛

# 새하얀 달빛

할머니 돌아가신 날
뇌리를 떠날 줄 모른다
하관 시간이 새벽 한 시
검푸른 하늘에 어둠이 열리고

온 산이 새하얀 달빛으로 가득하다

소나무가 곱게 가지를 흔들리고
가져온 전등은 땅바닥에 뒹굴었다
스치는 달빛에 고요가 숨을 죽이고
상두꾼들은 아연실색 혼을 내 놓는다

할머니가 누워 계신 자리를
달빛이 물방울 아롱거리듯 어루만진다
한참 비추던 달빛은 사라지고
안개와 어둠이 다시 제자리로 찾아왔다

정적 위에 정적이 쌓인다
할머님 먼 나라 가시는 길에
두 손 모아 절 올리며 속옷을 함빡 적신다

# 연마을 정경

첨성대 방죽길을 걸어갑니다
연꽃 향기 코 끝에 맴돌고
뜸부기가 달팽이를 잡아먹고 있기에
뛰어들어 쫓아 버렸어요

무논에는 올챙이가 꼬리 흔들고
흑고니 달리는 모습에 혼이 빠집니다
저 멀리 개구리 떼울음소리에
마음이 짜르르 떠내려갑니다

산까치가 배롱나무에서 노래하고
물새 우는 소리 저녁노을을 물들입니다

나이 지긋한 청년회장이
완장을 차고 논두렁을 걸으며
손 인사를 건네며 바쁜 듯 지나갑니다

억센 손이며, 검붉은 얼굴들
그들의 피 끓는 열정이 살아 움직이기에
마을이 보름달처럼 밝아지고 있습니다

왜가리가 몰래 안압지 내려와
연못에 핀 연잎에 입 맞추고 갑니다
난, 기차길 건너 도예 마실에 가서
토기를 굽는 장인을 만나 보고 가렵니다

## 쌍계사 종소리

하동 사람, 구례 사람
화개장터가 두루마기를 잡아당긴다
들꽃은 길다랗게 목을 드리우고
산지기는 초롱 방울을 들고 마중 나온다

꽃길 십 리 깔아둔 쌍계사
부처님의 자비가 오솔길을 가득 채운다
큰 스님 염불 소리 맑아
천 리 길 섬신상 유유자적 말없이 흐른다

자작나무 향기가 온몸을 적시고
연푸른 들꽃에
범종소리 은연히 스며든다
새 소리, 바람 소리 고부랑 십 리 길
한 발씩 찾아 들면 한 발씩 다가온다

짙은 안개가 산자락에 걸리고

뻐꾸기 노래 어둠 속으로 사라진다
부엉이 울음소리 가까이 들리고
쌍계사 종소리는 끊어질 듯 이어진다

계곡 따라 굴참나무 청설모 새끼들
종소리를 듣는 듯 꼬리를 살랑거리며
눈망울을 휘돌리며 지나간다
강물은 너와 나를 싣고 먼바다로 간다

# 이팝나무

이팝나무 꽃가루 허공에 떠가고
담쟁이가 여학교 담장을 넘고 있다

늘 열려 있는 학교 정문
행인들 힐끗 들여다보고 지난다
운동장에 하얀 꽃잎이 날리고
모퉁이 아카시아꽃 달콤한 얘기를 나눈다

실바람에 가늘세 흔들리는 꽃잎
메타세쿼이아에 하얀 중절모를 씌운다
여고생 입가에 하얀 미소가 번진다

향기는 교문을 나와 코끝에 가물거리고
강은 하얀 꼬리를 달고 굽이쳐 흐른다
저 멀리 흰 구름 덧없이 떠가는데
이팝나무 하얀 꿈을 싣고 교정을 걷는다

## 정적

초생달이 산등성이에 걸리자
별빛 담은 눈망울 달빛에 반짝인다
별똥별은 볏짚에 흩어져 떨어지고
논바닥은 숨 죽은 미동이 싹 튼다

산허리에 뻐꾸기가 울음을 그치자
큰 산 꽃사슴이 초생달을 잡아당기며
길목에서 오지 않은 님을 기다린다

암사슴이 앞마당 쌀뒤주에 코를 댄다
대기를 적시는 단비에 가랑잎이 떨어진다
마을은 큰 짐승이 내려온 듯
숨을 죽인다

## 당신의 마음

향수에 젖어 눈물 흐르면
청운산 기슭에 갓 피운 매화 향기
칡넝쿨에 줄줄 엮어서 귓전에 놓으면
입가에 예쁜 미소 하나 지어지려나

그리움 젖어 잠 이루지 못할 때
달빛에 바글거리는 산도화꽃 그늘
한 바구니 곱게 담아 귓전에 놓으면
눈시울에 주름살 하나 펴어지려나

아쉬움 남아 가슴이 미어질 때
여학교 담장 너머 이팝꽃 한 아름
오시는 길에 가지런히 뿌려 놓으면
가슴에 하얗게 눈이 내리려나

기다림 지쳐 버둥거릴 때
담장에 핀 연분홍 능소화 줄기

돌돌 묶어 목에 걸어 드리면
애절한 사연 하나하나 풀어 지려나

# 수선화처럼

창 너머 수선화
물에 사는 신선의 꽃이라
한참 바라보니 따뜻한 온기
아지랑이 샘물 되어 솟아오른다

소식을 주는 꽃
차가운 이슬에 물방울처럼 반짝인다
비바람이 불어도
예쁘게 피어 있다 소리없이 사라진다

애정을 싹 틔우는 꽃
오래 볼수록 사랑스럽다
간직할수록 정이 깊어간다
시간이 흐를수록 떨어질 줄 모른다

밤새 몰래 핀 수선화
눈 주면 사르르 다가오고

가슴에 품으면 따뜻하게 안겨오는 너
나아갈 길 몰라 발끝만 내려다보는

풋내기 첫사랑처럼

# 가을 풍광

아낙네를 희롱하던 폭염이
구멍 뚫린 풍선처럼 푹 꺼져 버린다

더위가 볼때기를 얻어맞고
느릅나무 그늘 아래로 걸어간다
댓잎 사이로 가을이 걸어온다
귀뚜라미, 풀벌레 소리 가까이 들린다

아이들은 곤충 채집을 한다고
매미채를 들고 사방으로 뛰어다닌다
다리 밑에는 할망구들 입씨름 끝내고
꼬깃꼬깃 집으로 들어갈 채비를 한다

들녘에 곡식 익는 소리가 살픈 들리고
대추가 달랑이며 마을 지킨다
까치 쪼인 홍시는 가을을 빨갛게 물들이고
살구가 주렁주렁 동네를 밝힌다

벼논에 메뚜기들 암놈을 등에 태우고
나락 잎으로 얼굴을 가린다
산을 들썩이던 뻐꾸기는 울음을 멈추니
계곡에는 정적이 햇볕에 그을린다

길섶에 강아지풀 꼬리를 흔들고
감나무 바지랑대는 허리 아프다고 야단이다
아낙네들은 립스틱 만지작거리며
동네 잔칫날에 귀 기울인다

# 하루

친구들과 가지산 등산을 간다
계곡에 거북이 바위 하나
반쪽 얼굴만 내놓고 기다린다
잠시 발 담궜더니 건져내지 못한다

다래나무가 가지를 늘어뜨린다
돌마루에서 이야기 실타래가 풀린다
노닐던 물고기들도 꼬리를 흔들며
아는 듯 까맣게 몰려든다

발가락 사이로 몰려 들어와
살갗을 핥아 보고 빙빙 돌며 술래잡이 한다
나도 따라 물고기가 된다

세상 이야기들은 구름에 실어 보내고
물고기들과 이야기를 나눈다
꼬리를 살랑살랑 흔들어 묻기에

발가락으로 까딱까딱 대답한다

속이 훤히 들여다보이는 고기들이
나의 발에 대고 고함을 지른다
때 묻은 세상 깨끗한 사람이 되라고
꼬리를 크게 흔들어 말한다

낮달이 곁눈질을 한다
친구들 얼굴이 뜨거워진다
빨갛게 익은 얼굴로 계곡을 내려오면서
오늘 하루는 뼈 없는 고기가 되었다고

# 오봉산 들녘에

청노루길 실개천 오미자
까맣게 실바람에 흔들리고 있다
울타리 담장에 노란 탱자들은
빨간 구기자와 담소를 즐기고 있다

벼가 노랗게 고개 숙이고
논바닥에 미꾸라지 누렇게 기어다닌다
잎 진 도라지가 가을볕을 쬐면서
추운 듯 몸을 추스리고 있다

언덕에 해갈이 한 헛개나무가
올해는 열매 맺었다고 얼굴 치켜들고 있다
까만 눈으로 또륵또륵 주변을 살피며
주정뱅이를 찾고 있다

바위틈에 쪼그린 돌배나무
칡넝쿨에 걸친 채 허리를 만지작거린다

달빛에 하얀 꽃 피우면서
가래 끓는 사람을 찾고 있다

자지러지게 달린 대추들
바지랑대가 줄줄이 받치고 섰다
허리가 부러진다고 고함치고
가을은 함성을 누렇게 삼키고 있다

논밭에 쌓아 놓은 짚더미에
오소리가 오줌 갈기면서 몸을 떨고 있다

## 봄이 오는 길목에

갯여울 담쟁이 고개를 쳐들고
아지랑이가 눈을 뜨고 바삐 걸어옵니다
봄은 꽃 몽우리를 매만지며
동구 앞 홍매화 애를 태우고 있습니다

까투리 댓숲에 알을 품고 있습니다
초롱꽃 빨갛게 웃고
들판은 따스한 온기 흐릅니다

산정에 야생화 꽃 동네를 분장합니다
탱자 그늘에 돌냉이가 얼굴을 내밀고
배꽃에 까투리 울음소리 가슴을 두드리니
봄이 오는 길목이 설렙니다

강바람은 따뜻하게 불어 주고
청운 산정에 맑은 물소리가 들립니다
답답한 가슴 확 열리고

큰개불알꽃 치마를 걸치고 시집을 간대요

담장 모란이 입을 벌리고 웃고 있어요

# 살구빛 얼굴

한반도에 태어난 것이 다행이야!

뽀오얀 살구빛 얼굴이 좋아

니가 있어 행복했어

# 달력

깜짝!

서른 날이 한꺼번에 넘어간다

시장판에 떠리미처럼

# 호수 곁에서

꽃샘바람에 실버들이
호수에 고개를 떨구고
바람에 날리고 있는 것이
님의 향기가 호수를 물들이는 것 같다

하늘에 새털구름이 곱게 떠가고
개나리 꽃내음 노랗게 호수에 젖어
떠날 줄 모르고 맴돌고 있으니
님의 가냘픈 숨소리 들려오는 것 같다

벚꽃이 허공을 분홍으로 물들이고
호수는 노을빛 색동저고리 갈아입는다
햇살에 비친 물방울이 물 위에 떠가니
님의 얼굴이 떠 있는 것 같다

흔들리며 떠 있는 물 그림자
바람이 불어도 지워질 줄 모르고

혼자 그림자로 일렁이고 있으니
님이 나의 품에 금방 안길 것만 같다

# 빛바랜 종이 한 장

70년대 대학원에 진학한다는 것은 어려운 일이었다. 나는 대학 시절에 모범 학생도 아니었고 한적한 어촌 마을에서 근무하는 별 존재도 없는 체육 교사에 불과했다. 중학 교사가 대학원(박사 과정)에 입학을 하게 된 것이다. 현직 교수 대부분이 석사학위를 가지고 있던 시절이라 칭찬은커녕 웃음거리밖에 되지 않았다. 운이 좋았는지 입학금 전액(76만원)을 면제받게 되어 손바닥 크기만 한 볼품없는 종이 한 장이 날아왔다. 난생 처음 받아본 장학금이라 하늘로 날아갈 것만 같았다.

우여곡절 끝에 학위를 받았지만 품격에 맞지도 않았고 오히려 밉상거리가 되고 말았다. 전공이 '운동생리학'이라 수강생이 수백 명 몰려들어 인기 절정에 이르렀다. 그러나 아무리 노력을 해도 대학교수 길은 열리지 않고 학위는 휴지장이 되고 말았다. 더욱이 性이 朱이고 술을 잘 마시니 '술 박사'라고 놀려대던 것이 정말 酒박사가 되고 말았다. 그러나 어느 날 낡아빠진

증서 한 장이 갓 피어오른 상추잎처럼 나의 마음에 꽃을 피우게 했다.

고등학생 아들아이가 아무리 노력을 해도 영어 성적이 오르지 않았다. 하는 수 없이 내가 직접 가르치기로 마음 먹고 아들에게 실력을 증명하기에 이르렀다. 아들에게 이야기인 즉 아빠가 영어 발음은 비록 좋지 않아도 너를 가르칠 수 있다고 하면서 이를 증명하기 위해 노랗게 낡아 빠진 종이 한 장을 보여 주었던 것이다. 눈이 동글해진 아들놈이 흔쾌히 수락을 하였다.

마시던 술을 자제하면서 개인 지도를 하였던 바 불과 몇 개월 만에 과목에 대한 흥미를 얻었고 성적이 향상되어 원하던 대학교에 입학하게 되었다. 빛바랜 종이 한 장이 온 가족의 마음을 훤하게 밝혀 주었다. 아직도 빛바랜 증서 하나가 책장 구석에 남아 마음을 위로하고 있다.

# 제4부

## 보랏빛 구름 되어

# 보랏빛 구름 되어

마을에 살구가 익어가고
산등성이 찔레꽃 향기 옷깃을 스친다
산비둘기 구슬피 울면
난 먼 하늘 바라보고 있을래요

강 너머 종소리 은은히 들린다
황남 토담 따라 거리 붉게 물들고
밤안개 젖은 입술에 주홍빛 물들면
난 어둠을 헤치고 다가갈 거예요

노을이 들녘을 푸르게 물들이고
도당산 구름이 가슴에 안기면
난 월정교 돌다리 위로 마중갈 거예요

서라벌 하늘에 밝은 해가 비친다
천마총 마당에 벌 나비 함께 날아들면
님의 옷깃은 향기로 흠뻑 젖겠지요
난 보랏빛 구름이 되어 다가갈 거예요

# 서라벌 마당에는

칼바람의 매서움이
아지랑이 피어오름을 재촉한다
천마총 토담 따라 천년의 정기가
기지개를 켜고 걸어온다

황리단길에 부는 바람
꽃망울을 마당에 가득 담아 놓고
토함산 은하수가 동네에 불 밝히니
나그네 발 디딜 틈이 없다

도당산 달빛 월정교에 어리고
서라벌 향기는 함초롬히 피어오른다
흐르는 물결 따라 여명이 깔리고
샛별과 함께 뜬눈으로 한밤을 지새운다

동트고 새벽이 올 때까지
타다 남은 모닥불은 꺼질 줄 모른다
새벽을 알리는 에밀레 종소리
나그네에 갈 길을 열어 준다

# 말코 언니

고집쟁이 말코 언니가
꼬부랑 오솔길 넘어 시집을 간다
숱한 세월 속에서 찾은 걸음마
길가에 들풀조차 의초롭게 속삭인다

어머니 얼굴에 보름달이 떴다
도당산 달 그늘이 마당에 내려온다
동생들은 달빛에 둘러앉아
오늘은 모두 뜬눈으로 시새우자고 한다

굼벵이 하나가 재주를 피워왔으니
저 멀리 하늘에 별조차
우리를 그냥 놔두지 않을 것이라고
달빛 아래 숨겨둔 재롱이 보고 싶어진다

가슴에 가득한 기쁨을 안고
낯선 굼벵이 하나를 데리고 온다니

마중 길에 호박꽃을 가득 심을까

나팔꽃 돌돌 엮어 목에 감아 드릴까

# 두레박

교동천 둑방길 걷는다
첨성대를 뒤집어 놓은 듯
재매정 흐릿한 우물에
내 눈이 커다랗게 떠 있다

실도랑을 하나 건너
내가 살던 ㄱ자 기와집
동쪽 사마소*에서는
샛별을 찾으라 인제니 분주하다

월정교는 새 옷을 갈아입고
흐르는 강물에 두레박을 드리운다
입술 고운 아낙네는
새벽을 모르고 별을 길어 올린다

반월성 달빛은
들꽃까지 훤하게 밝혀 주고 있다

도당산 꾀꼬리 울음소리
교동길 앞마당 붕새가 고개를 내민다

동궁과 월지는 불야성 이루고
계림 숲에는 별똥별 하늘을 수놓는다
강물은 달빛에 젖어 갈 길을 멈추고
어머니는 차곡차곡 별을 쌓아 올리신다

* 사마소 : 재매정 옆 조선시대 국정을 논의했던 정사

# 갈대 사랑

때아닌 싸락눈이 내린다
뒷발에 차인 가을은 아연실색이 되고
들꽃은 길모퉁이에 터를 잡는다
먼 산을 바라본다

시월이라 해가 짧아지고
바람은 훌쩍 담을 넘어 본다
갈대는 겨울 채비로 옷을 갈아입고
흩날리는 바람에 귀를 들이댄다

산언저리 등 굽은 소나무
한 많은 사연 고백하려나
스치는 바람에 화장을 고치고
립스틱은 검붉은 색으로 짙어진다

갈대는 님 맞으려 목을 내밀고
물들여진 사랑을 애타게 기다린다

겨울은 하얀 세상에 몸을 담그고
첫사랑 언덕에 추위를 잊어버린다

# 벽도산 그늘은

겨우내 얼었던 호수가
얼음을 녹이고 기지개를 켠다
산기슭에 법흥사 범종 소리
먼동 따라 햇살을 불러온다

아침이면 찾아오는 작은 새들
실바람과 함께 걸어오는 댓잎 소리
가끔씩 주인처럼 방문하는 들고양이
놀란 듯 좌우를 살피는 족제비 새끼들

딱따구리 굴참나무 쪼아대는 소리
푸다닥 놀라게 하는 장끼 날갯짓
완장 찬 산지기 아저씨 호루라기 소리
언제 봄이 오려나 먼 하늘을 본다

다람쥐 도토리 까먹는 소리
탱자나무 비좁은 줄 모르는 비비새

구석진 언덕 아래 겨울 냉이가
꽃망울 터트리며 봄바람에 손짓을 한다

저 멀리 경부선 고속도로에
자그마한 소형차 죽을 판 살 판 달린다
고달픈 하루를 지키던 벽도산은
구름 사이로 빙그레 얼굴을 내민다

# 농부가 되니

푸른 들판이 있어 마음이 풍성하다
목월 생가 마주하며 비닐하우스를 짓는다
꽃 피어 웃고 새소리에 취하니
농원의 그림은 머리에 떠날 줄 모른다

식구들이 함께 서로 의초롭게 지낸다
배추, 오이, 토마토, 상추, 부추, 파, 대추들
각자 스스로 자란다고 소란스럽다
가시 많은 나무에 바람도 꾸준히 불어 준다

햇볕이 잘 드는지 비가 오는지
작물들이 튼튼하게 잘 자라기 바랄 뿐이다
하늘 바라보고 구름 가는 것을 살펴
내일 날씨는 스스로 예측해야만 한다

며칠 전에 심은 채소들이 걱정이다
저녁이 되어 물을 주어야만 잠을 잔다

아기가 엄마의 젖을 물어야 자는 것처럼
뻐꾸기 울음에 코를 골고 깊은 잠에 빠진다

작물은 농부의 발자국 소리를 듣는다
밤새 공기가 잘 통하니 파르라니 눈을 뜨고
아침이면 얼굴에 윤기를 조르르 흘리며 나온다
하얗게 미소를 지으며 바람에게 말한다

나무가 자기마다 개성 있는 멋을 부린다
새봄이 왔다고 먼저 알리는 냉이 꽃
초여름이 되어야 뒷짐을 지고 양반 행세하며
천천히 피어오르는 대추나무 잎새

보일 듯 자그마한 씨앗들이
열매를 달고 본성을 드러낸다
주렁주렁 손 흔들며 다가오니
풍요로움이 넘쳐흐른다

# 꿈

잡히지 않으려고 버둥댄다
진퇴양난에 빠져도 살아남는다
눈을 뜨자 한숨을 놓는다

# 꽃

손에 꽃
지척에 있어 자주 볼 수 있어 좋다

가슴에 꽃
감각적으로 흐르는 전율 느낄 수 있어 좋다

머리에 꽃
생각에 젖어 있기에 오래 간직할 수 있어 좋다

마음에 꽃
느낌에 담겨 있기에 따뜻한 기운이 있어 좋다

바람에 꽃
흔들리며 피우기에 오래 견딜 수 있어 좋다

떨어진 꽃
갈 길에 피우는 것 잎사귀가 시들어도 좋다

# 사모하는 마음

숫뻐꾸기가 구슬피 울더니
창호지 문틈으로 별 밤이 들어찬다
돌배꽃 피는 소리 사르르 귀 스치니
왕관 쓴 노루 한 마리 걸어온다

화장을 하지 않은 얼굴
꼬불꼬불 곱슬머리 허리에 찰랑인다
초롱꽃 목걸이 길게 늘어뜨리고
장미빛 눈망울이 별처럼 빈찍인다

활짝 핀 목화꽃 같은
하얀 머플러가 아침 햇살에 나부낀다
봉숭아 꽃물 들인 새끼손가락에
네잎클로버 꽃반지가 미소를 짓는다

원앙새 울음소리
층층이 밀려오는 어둠처럼

님 잃은 듯 가느다란 목소리
산 그림자에 실려 강물처럼 흘러간다

민트색 모시 가방에는
청노루 똥, 산도화꽃 소복이 들어차
동틔운 햇볕으로 물들인 따스한 온기
나의 발목을 잡는다

# 번쩍이는 면도날

학교 앞 이발소 싸인볼이 오지 않는 손님을 기다리며 쉴새 없이 돌아가고 있다. 수백 명 학생이 다니던 학교가 30명밖에 되지 않는 작은 학교가 되기까지 수십 년 동안 오직 아이들만 바라보고 기다리던 이발사가 이제 팔순이 되었다. 학생은 없지만 태어난 고향이고 정든 동네를 지키랴 떠날 수 없었다. 벽 모퉁이에 꼬지리하게 걸려 있는 이발사 면허증에는 경주 군수 발행으로 70년 세월의 때가 묻어 있다.

실내는 연탄난로의 불 온기가 오는 손님의 마음을 따뜻하게 데워 준다. 곱게 늙은 노인의 따스한 손길이며 가위질 모습이 예사롭지 않고 친절을 베푸는 것도 몸에 배여 있었다. 연탄 화덕에 물 끓이고 난로 벽에 비누칠하여 거품을 얼굴에 바르고 면도하는 모습이 옛날 그대로이다. 이발사의 구부러진 허리처럼 면도기가 닳아 휘어져 번쩍인다.

손님이 없는 시간에는 빈 세월을 아쉬워하며 가끔 지친 몸으로 휘어진 등을 두드리며 때 묻은 면허증을

멍하니 바라보곤 한다. 화덕에 타고 남은 연탄 잿더미가 담 모퉁이에 무더기로 쌓인다. 고부라진 집게로 하나씩 쌓을 때마다 지나온 추억의 불쏘시개가 되어 하나씩 새파랗게 되살아난다.

아침 식사를 거르고 학교에 1교시 끝나자마자 도시락을 까먹고 책보를 허리에 매고 소나기를 맞으며 집으로 뛰어갈 때면 필통 속에 몽당연필 소리가 '달그락' 귓전에 생생하고, 숙제하지 않은 날 늦게까지 벌 청소를 하고 집으로 돌아갈 때면 총각 선생의 풍금 소리가 가슴을 울리게 했다고 쓴 미소를 지으신다.

학생이 지나갈 때마다 옛 추억이 머리를 스친다. 동네별 외발 싸움, 돌싸움, 볏짚 공차기 놀이하던 것이 머리 속에 아른거린다. 하나씩 떠올리면서 훌쩍 지난 시간이 그리움에 젖는다. 대머리가 되도록 이발하며 살아왔기에 삶에 대한 애착이 대단하다. 이발이 하나의 예술이라 하는 자신의 철학, 노인네 사명감이 면도기 칼날처럼 번쩍이고 있었다.

# 그리움

슈퍼문이 뜨는 날이다
커다란 얼굴이 동네를 내려다본다
달그림자 따라 바람이 일어나고
당신의 목소리가 가늘게 들리어 왔다

어릴 적 숨바꼭질할 때
호박 넝쿨 밑에서 숨어 웃는 그 소리였다
나팔꽃이 감나무를 타고 올라가고
둥근달이 살구나무 꼭대기에 걸려 있었다

당신은 탱자나무 울타리 길을 오가며
풀피리를 입가에 대고 구슬프게 불었다
그 소리가 첫사랑처럼 기억에 남아
초저녁 달이 밝게 뜨는 날이면 뇌리를 스친다

가물가물 잊혀져가는 소리
손가락으로 짚어가며 되새기곤 했다

풀피리 연분이 플루트에 정 쏟게 되어
흘렀던 옛 소리가 더욱 진하게 들렸다

십 년이 훌쩍 지나 연주를 하고 있지만
그리움에 젖은 소리 마음속에 떠날 줄 모른다
허공에 뜬 풀피리 소리 식을 줄 모르고
귓전에 아른거리며 맴돌고 있다

# 찢어진 편지

초롱꽃처럼 고운 눈망울
긴 머리가 달그림자에 일렁인다
나지막한 말소리 그 여인
입술을 동그라이 오물거린다

싸리문에 스미는 잔잔한 그리움
지나가던 방아깨비가 날개를 내민다
밤새워 고쳐 쓴 편지
고개를 끄떡이며 인사를 건넨다

편지를 찧어내는 목월 방앗간
디딜방아를 밟으면 쌀이 쏟아진다
산산이 부서진 지나간 흔적들이
곱게 찢겨 하나씩 낟알을 낳는다

흩어진 밀알들 동네 어귀에 맴돌고
답장은 알알이 가슴을 채운다

찢어진 편지는 허공에 떠가고

님 잃은 청두루미가 먼 길을 난다

# 나의 정원

산악인들은 눈 덮인 에베레스트산을 자기 정원이라 부른다. 내가 목월 생가에서 마주 보는 벽도산이 그렇다. 바람이 곱게 잠들면 행글라이드가 젊음을 싣고 푸른 하늘을 난다. 계절에 따라 철새들이 소나무 능선을 오가며 하루종일 노래하고, 소식 없던 왜가리 떼가 솔숲에 하얀 이불을 덮어쓰고 황조롱이에게 손짓을 보내기도 한다.

겨우내 메말랐던 논에 물이 가득하고 모내기가 한창이니 초여름을 맞이하는 마당의 분위기가 젊음으로 출렁이고 있다. 들녘에는 꼬부랑 할머니가 꼬부라진 호미를 들고 구슬땀을 흘리며 밭을 매고 할아버지는 빈 지게를 지고 산등성이를 걸어가고 있다.

마당에는 달맞이꽃이 불그레, 노랗게 만발하여 오는 사람을 반기고 있다. 별이 반짝이는 날 누워서 꽃을 만지작거리며 하늘에 별을 세고 있으면 산새들조차 질투를 하는 것 같다. 오늘은 산까치가 대숲으로 내려와서 아침 인사를 하고 참새들까지 탱자나무 울타리에 노닐고자 찾아왔으니 정원은 더 넓어졌다.

초입 빈 땅에 대추나무는 지난해 열매를 달지 못해 미안했는지 올해는 보답하고자 서두르고 있는 것 같다. 오늘은 지나가는 구름이 내려와 벌레들이 잘 있는지 들여다보고, 구름 사이로 햇님이 나와 방긋이 인사를 건네고 간다. 나의 정원에는 늘 마음이 풍성하기만 하다.

# 맨하탄은 울고 있었다

쌍둥이 빌딩의 빈자리
눈물로 한을 달래고 있었다
돌에 새겨진 피우다 만 영혼의 이름들
줄지어 한곳에 모여 서로를 위로하고 있다

무슬림의 한이 피눈물로 뒤덮혀서
기념관에는 세계 각지에서
찾은 추모객들 그날의 악몽을 되새기며
울분을 토하고 있다

삼천 명의 희생자들이여
누구를 원망하겠는가….
당신이 있었기에 세상은 더 가까워지고
당신이 있었기에 자유는 살아있지 않느냐‥

영혼들이여 편히 잠드소서
주인 없는 빈자리 피우지 못한 여린 꽃들

어찌 눈물로 감당하리

맨하탄은 지금도 울고 있다

# 황리단길

황남총 토담 따라
금빛 비단길 하나
짙은 커피 향 내음
젊음으로 솟구치고

줄지어 흩어진
오래된 기와집
깨어진 토기들
천년 나이 아랑곳없이

세월을 아는 양
지난 흔적 이제 와
새로운 멋이 되어
노닐고자 미소 지으니

서라벌 옛이야기
에- 미레 에- 미레

곡옥들의 속삭임은
다아- 랑 다아- 랑

바람 타고 가련다
천마 타고 가련다
지구촌 끝까지
황리단길 가슴에 품고서

## 이만하면 박목월 선생이 좋아하시겠다

### — 주한태 시집 『청노루 똥은 하얗다』

나태주 (풀꽃 시인)

나는 시를 써 오면서 박목월 시인처럼 인간적으로나 시적으로 큰 시인을 만나보지 못했다. 내가 직접 만난 박목월 선생은 60대 초반의 박목월 선생이었다. 우선은 키가 크고 몸집이 크고 마음이 컸다. 시는 또 어떤가? 박목월 선생의 시처럼 부드럽고 웅숭깊으며 사람의 마음을 쓰다듬어 주는 시가 나에게는 별로 없었다.

절로 '아버지'란 말이 떠올랐다. 무슨 말이든 드리고 싶은 아버지. 그러면 슬그머니 들어줄 것만 같은 아버지. 한 시절 이런 시인을 가까이하며 살았던 인생에 감사하는 심정이다. 이러한 차제에 경주에 사는 주한태 시인에게서 시집 원고가 왔다. 시집 해설문을 써 달라고. 나는 평론하는 사람이 아니고 시 쓰는 사람이므로 소감 정도만 써 드리기로 하고 원고를 받았다.

차일피일 미루다가 작심하고 원고를 읽었다. '나의 내면과 등가적으로 조화를 이루는 길 가고 싶다.' 먼저, 시집 서문에 들어간 문구가 마음을 잡았다. 이런 정도의 발언이면 보통의 일이 아니다. 이것은 인생관이며 당신의 인생 방향을 밝히는 철학이기도 하다. 그만큼 만만치가 않다.

이러한 생각은 시를 읽을 때도 마찬가지였다. 우선, 시의 문장이 건강하고 짱짱했다. 7, 8월 초록이 오를 대로 오른 나무숲과 같았다. 세련미보다는 건강성이 빛났고 무엇보다도 좋은 점은 진솔하다는 점이었다. 진실하며 솔직한 것보다 좋은 인생의 덕목은 없다.

시집 원고를 읽으면서 이렇게 많은 고유명사가 나오는 시집은 또 처음이다. 온통, 신라와 경주와 박목월 선생에 대한 시어들로 촘촘하다. 밑줄을 긋고 단어들을 베끼다가 그만두어야 할 정도로 고유명사의 출현이 빈번하고 풍성했다. 무엇 때문인가? 그만큼 시인의 관심이 한곳으로 기울었음을 말해 주는 증거다.

세 개의 꼭짓점이 있는 삼각형을 그려 본다. 그 한

꼭짓점에 A. 신라(혹은 경주)를 모아 보고 다른 꼭짓점에 B. 박목월을 모아보고 C. 자연과 인간을 모아 본다. 실상 시인에게 있어 시는 그 자신 체험의 범위를 넘지 못하게 마련되어 있다. 그런 점에서 모든 시는 시인의 자서전이라 말할 수 있을 것이다.

### A. 신라(혹은 경주)

황남총 토담 따라
금빛 비단길 하나
짙은 커피 향 내음
젊음으로 솟구치고

줄지어 흩어진
오래된 기와집
깨어진 토기들
천년 나이 아랑곳없이

세월을 아는 양
지난 흔적 이제 와
새로운 멋이 되어
노닐고자 미소 지으니

서라벌 옛이야기
에- 미레 에- 미레
곡옥들의 속삭임은
다아- 랑 다아- 랑

바람 타고 가련다
천마 타고 가련다
지구촌 끝까지
황리단길 가슴에 품고서

—「황리단길」 전문

경주의 관광 상품으로 유명한 상품 가운데 하나는 황남빵이다. 경주시의 한 동네 이름인 황남동에서 따온 작명이지 싶다. 그런데 그 황남동에 '황리단길'이란 거리가 있나 보다. 신문 보도 기록을 보면 이런 내용이 나온다.

* 경주시, '황리단길' 시비(詩碑) 설치

(메트로신문 오대송 기자 | 2022-06-21)

황리단길 입구 소공원에 포토존 및 황리단길 시비(詩碑)가 지난 16일 제작 설치돼 많은 관광객에게 이목을 끌고 있다. 고도보존 육성지구 중심지에 위치한 경주 황리단길에 또 하나의 관광명소가 새롭게 탄생한 것이다. 황리단길 시비는 경주 출신 주한태 시인이 황리단길의 상징성을 부여하고 경주를 대내외에 널리 알려 가치를 더욱더 높이고자 직접 지은 시 작품을 담고 있다.

한편 주한태 시인은 경주여고 교장, 화랑교육원장, 동리목월 문학관장을 역임했으며 현재 시인으로 왕성한 활동을 하고 있다.

정종호 경주고도주민자치협의회장은 "황리단길 환경개선사업의 일환으로 추진될 수 있도록 배려해 준 경주시에 감사하다"고 말했다. 이태익 경주시 황남동

장은 "이번 황리단길 시비 및 포토존의 설치가 완료돼 관광도시 경주를 널리 알리고 많은 관광객이 황리단길을 찾을 수 있는 계기가 되길 바란다"고 전했다.

신문 기사는 기사려니와 주한태 시인의 '황리단길'이란 시는 시 작품으로서도 매우 아담하고 사랑스러운 작품이다. 4·3조를 바탕으로 하여 운율을 준 작품으로 읽는 사람의 입속 가득 향기를 주는 작품이다. 그만큼 가락이 살아 있는 작품이고 생동감이 있는 작품이란 말이다.

게다가 경주와 신라의 정조를 여한 없이 가슴에 품었다. 천년 나라가 이 세상 어디에 있는가. 게다가 천년 수도란 말이 어디 또 있을 법한 일인가. 그런데 경주에 가 보면 그것이 가능하다는 것을 안다. 그러기에 경주는 모든 인류의 고향이 되는 곳이며 그리움의 대상이 되는 곳이다. 그러한 경주와 신라를 이 시가 보여주고 있다.

마을에 살구가 익어가고
산등성이 찔레꽃 향기 옷깃을 스친다
산비둘기 구슬피 울면
난 먼 하늘 바라보고 있을래요

강 너머 종소리 은은히 들린다
황남 토담 따라 거리 붉게 물들고
밤안개 젖은 입술에 주홍빛 물들면
난 어둠을 헤치고 다가갈 거예요

노을이 들녘을 푸르게 물들이고
도당산 구름이 가슴에 안기면
난 월정교 돌다리 위로 마중갈 거예요

서라벌 하늘에 밝은 해가 비친다
천마총 마당에 벌 나비 함께 날아들면
님의 옷깃은 향기로 흠뻑 젖겠지요
난 보랏빛 구름이 되어 다가갈 거예요

—「보랏빛 구름 되어」 전문

시인의 시집에는 이 작품 말고도 신라와 경주에 대한 작품이 즐비하게 많다. 그렇지만 이 시 한 편을 더 골랐다. 특별한 이유는 없다. 있다면 아름답기 때문이라고나 할까. 천년이 하루같이, 하루가 또 천년같이 한 작품 안에 들어와 나란히 숨 쉬고 있다.

"강 너머 종소리 은은히 들린다/ 황남 토담 따라 거리 붉게 물들고/ 밤안개 젖은 입술에 주홍빛 물들면/ 난 어둠을 헤치고 다가갈 거예요". 말씨는 한없이 부드럽고 내용은 또 그지없이 살갑다. 4연인데 연마다 3행 또는 4행이다. 그 짜임 또한 정제되어 있다. 연마다 앞의 문장이 전경前景을 말하고 있고 뒤의 문장이 후정後情을 말하고 있다. 전통적인 시작법을 그대로 따랐음이다.

### B. 박목월

이 시집의 중요 모티프 가운데 하나는 경주 출신 시인 박목월이다. 앞에서도 밝혔듯이 박목월 시인은 한국 시사에서 가장 품이 넓은 인품을 지닌 시인이고, 그 작품 내용을 보더라도 가장 인간적이며 부드러운 시를 보여준 시인이다. 한국시의 가장 높은 봉우리 가운데 하나인 시인이다.

박목월 시인의 고향은 경주. 박목월 시인의 초기시에는 경주에 대한 소재와 내용이 아주 많이 나온다. 어쩌면 신라 천년 경주의 분위기 자체가 박목월 시인의 초기시의 전부라 해도 과언이 아닐 정도다. 박목월 시인이야말로 천년 서울 경주가 배출한 시인이다. 경주와 신라가 아니면 가능하지 않은 시인이다. 그만큼 박목월 시인의 시는 민족적으로 역사적으로 뿌리가 깊은 것이다.

이러한 박목월 시인의 시를 흠모하고 이러한 박목월 시인의 시적인 토양에 뿌리 내려 자라온 시인이 한국에는 아주 많다. 나 또한 그런 시인 가운데 한 사람이지만 이 시집의 주인공인 주한태 시인 또한 그러한 시인 가운데 한 사람이다. 더구나 그는 박목월 시인이 살다 간 향토 경주 땅을 올곧이 지키며 박목월 시인의 뒤를 따르고 있다. 박목월 시의 적자嫡子라 아니할 수 없겠다. 시인끼리도 형제애를 안 느낄 수 없는 일이다.

단석산 달 유난히 밝고
목월이 다니던 길은 길고 좁다랗다
꼬부랑 갯도랑에 물이 굽어 흐른다

달빛은 창틈으로 들어와
야생화 날리는 꽃방석을 깔아 놓는다
꽃사슴 싸 놓은 똥 위에 하얀 꽃
달빛에 어리고 있다

산기슭 마을 호롱불
짐승 울음소리에 가물거린다
마음을 적시는 갯도랑의 물소리

나지막이 흘러 먼 길을 걸어간다

모량리 달은 새벽이 오는지 모른다

—「모량의 달」 전문

경주나 신라를 소재로 한 시에서도 그렇지만 이 시에서도 박목월 시인을 연상시킬 만한 단어가 아주 많이 나오고 있음을 본다. "모량, 단석산, 목월, 꽃사슴" 등등. 나 또한 박목월 시인을 그리워하는 마음으로 두 차례나 경주시 건천읍 모량리에 위치한 박목월 시인의 생가를 방문하고 모량역까지 가 본 일이 있다.

아, 그리운 옛날의 스승은 안 계시고 스승의 생가만 있구나, 그런 감회에 먼 하늘을 오랫동안 바라본 일이 있는데 주한태 시인은 바로 그 모량리에 살면서(아니면 자주 드나들면서) 옛 스승을 그리워하니 그래도 그리움이 많이 다스려지겠거니 싶다. 이런 고향의 후생後生이라도 한 분 있으니 박목월 선생이 그래도 덜 외로우시겠거니 싶다.

"산기슭 마을 호롱불/ 짐승 울음소리에 가물거린다/ 마음을 적시는 갯도랑의 물소리/ 나지막이 흘러 먼 길을 걸어간다// 모량리 달은 새벽이 오는지 모른다”. 그나저나 저 감칠맛 나는 향토어鄕土語를 좀 보시라. ‘호롱불’, ‘갯고랑’이란 말, 이 얼마 만에 들어 보는 정다운 언어인가.

더더욱 “모량리 달은 새벽이 오는지 모른다”는 이 문장은 또 얼마나 가슴 깊이 안기는 문장인가. 박목월 선생이 바라보며 눈물 글썽였을 모량리의 달을 주한태 시인이 다시 바라보면서 눈물 글썽이고 있음이여. 그것을 또 멀리서 훔쳐보는 이웃의 마음이여!

해가 중천인데
고라니 한 마리 목월 생가에서
청노루가 싸 놓은 하얀 똥을 밟고
다리를 절룩거리며 나온다

겨울 산에 먹이가 있으랴
〈윤사월〉시비를 기웃거린다
시비에 쌓인 하얀 눈이 허기를 부추긴다
시 낭송하는 소리 자욱하다

달아나는 고라니 뱃속에서
딸그락 빈 도시락 소리

초등학교 시절 하교 길 추억들이
주마등처럼 스쳐 지나간다

허기진 고라니의 슬픔처럼
새벽인지 모르고 울어대는 비둘기
오지 않은 님을 애타게 그린다
흰 제비가 잡새들에게 목숨을 잃는다

—「고라니의 슬픔처럼」 전문

주한태 시인의 시집 가운데 자주 나오는 시어 중 하나가 '청노루'이고 또 '고라니'이다. 청노루는 알겠지만 고라니는 또 누구를 이르는 상징어일까? 청노루가 박목월 선생이라면 고라니는 주한태 시인 자신이 아닐까? 이러한 의문은 마지막 연 마지막 행에서도 마찬가지다.

"흰 제비가 잡새들에게 목숨을 잃는다". 여기서 '흰 제비'는 무엇(누구)을 가리키는 것이며 '잡새'는 또 무엇(누구)을 가리키는 말인가? 시인만이 아는 내용으로 의미심장하지 않을 수 없다. 그리고 1연 3행에 나오는 "청노루가 싸 놓은 하얀 똥을 밟고"에서 '청노루'의 '하얀 똥'에 대해서도 조금은 고개가 갸우뚱한다. 하지만 이러한 비유나 사연은 시인에게 충분히 있을 법한 비밀이다.

### C. 자연과 인간

주한태 시인의 시 세계는 오늘의 세상에 눈을 모으기도 하지만 대부분 과거 지향이다. 과거 아름다웠던 인생의 날들, 훼손되지 않은 자연에 머문다. 어찌 안 그러랴. 오늘 우리가 사는 세상은 너무나 혼란스럽고 너무나 약삭빠르고 너무나 어지럽고 너무나 눈부시고 너무나 부서져 있는 것이다.

그러므로 주한태 시인의 시는 이러한 삶의 한복판에서 자신이 살았던 가장 아름다운 세상을 시로써 복원復元해 주고 싶어 한다. '복원'은 '리모델링'하고는 많이 다르다. 리모델링이 좋은 쪽, 편리한 쪽으로 개선을 담은 수정이라면 복원은 본래의 모습을 찾아가는 정직한 과정이고 그 결과다.

봉숭아꽃은 손톱에 곱게
물들여지려고 예쁘다
청개구리는 연못에 첨벙

뛰어들려고 날씬하다

고라니는 재빨리 피하려고
눈이 동그랗다

억새는 바람에 흔들리려고
잎사귀가 길다

청노루는 시를 쓰기 위해
둥지로 내려온다

바람이 불면…

—「바람이 불면」전문

스케일은 작지만 아주 예쁜 작품, 가편佳篇이다. 이런 작품을 만나면 마음속에 기쁨의 샘물이 솟는다. 그러므로 이런 시를 쓴 시인은 보다 많은 사람에게 기쁨을 선사하는 사람이 된다. 그야말로 시인의 덕성이다.

내 생각이기는 하지만 시에서 중요한 것은 마지막 구절이고 마지막 구절이 주는 반전反轉, 변용變容의 미학美學이다. 그것은 우리네 인생도 마찬가지지만 반복反復, 병치倂置 되는 인생의 지루함이 계속되다가 어느

순간 새로운 모습이 나타나는 것이 바로 반전, 변용이다. 이는 지루한 여름이 가고 가을이 찾아오는 순간의 삽상颯爽과 같은 것이다.

앞의 시에서도 6연까지는 시인이 꿈꾸는 이상적이고 아름다운 세계, 이데아를 밝히고 있는 대목이다. 좋기는 하지만 그것으로 끝나면 안 된다. 결말이 허전한 것이다. 그런데 느닷없이 '바람이 불면…'이란 아름다운 문장이 뒤에 붙었다. 이로써 앞의 여섯 개 사례는 완성을 만난다. 이 얼마나 절묘한 일인가. 이것을 나는 신神의 선물이라고 말하곤 한다.

할머니 손등에
지렁이가 꿈틀끔틀 기어간다
칼국수를 빚는
손놀림이 예사롭지 않다

할머니는 키가 작지만
홍두깨를 마음대로 주무르신다
밀가루 반죽을 말았다 펴고
콧노래 불러가며 맛을 불러들인다

담장에 라일락, 아카시아 향기,

지붕 아래 제비 새끼들 노래를 섞는다
바라보는 외손녀와 눈 맞춰가며
가느다란 미소를 한 모금씩 삼킨다

살구 익는 소리에 노랗게
할머니 칼국수 맛을 더한다
젓가락을 놓자 배가 고프다

첫눈이 어둠을 뚫고 둥지로 내려오면
둥근 달이 팽나무에 걸리고
할머니가 몰래 오셔서
머리맡에 칼국수 한 그릇 놓고 가시리

—「할머니 칼국수」 전문

이 시 역시 주한태 시인이 복원해 주는 아름다운 세상의 모습을 보여주는 작품이다. 시의 주인공은 할머니. 객관적 상관물이라 할 문장들이 앞에 온다. "살구 익는 소리에 노랗게/ 할머니 칼국수 맛을 더한다/ 젓가락을 놓자 배가 고프다". 그런 가운데 이런 문장은 얼마나 아름다운 문장인가.

하지만 이 시를 보다 더 잘 살린 것은 역시 마지막 문장이다. 여기에도 반전, 변용은 마땅히 있었던 것이다. "첫눈이 어둠을 뚫고 둥지로 내려오면/ 둥근 달이 팽나무에 걸리고/ 할머니가 몰래 오셔서/ 머리맡에 칼국수 한 그릇 놓고 가시리" 이만하면 박목월 선생이 좋아하시겠다. 제자들의 작품을 아주 까다롭게 보시는 박목월 선생도 빙긋이 웃으며 고개를 끄덕여 주실 것이다.

### 사족蛇足

주한태 시인의 시집 가운데 언급하지는 못했지만, 박목월 선생이 보시면 좋았을 시편을 몇 편 더 꼽으라면 다음과 같은 작품들이다. 그래서 사족이라 말한다.

고집쟁이 말코 언니가
꼬부랑 오솔길 넘어 시집을 간다
숱한 세월 속에서 찾은 걸음마
길가에 들풀조차 의초롭게 속삭인다

어머니 얼굴에 보름달이 떴다
도당산 달 그늘이 마당에 내려온다
동생들은 달빛에 둘러앉아
오늘은 모두 뜬눈으로 지새우자고 한다

굼벵이 하나가 재주를 피워왔으니
저 멀리 하늘에 별조차
우리를 그냥 놔두지 않을 것이라고
달빛 아래 숨겨둔 재롱이 보고 싶어진다

가슴에 가득한 기쁨을 안고
낯선 굼벵이 하나를 데리고 온다니
마중 길에 호박꽃을 가득 심을까
나팔꽃 돌돌 엮어 목에 감아 드릴까

—「말코 언니」 전문

쌍둥이 빌딩의 빈자리
눈물로 한을 달래고 있었다
돌에 새겨진 피우다 만 영혼의 이름들
줄지어 한곳에 모여 서로를 위로하고 있다

무슬림의 한이 피눈물로 뒤덮혀서
기념관에는 세계 각지에서
찾은 추모객들 그날의 악몽을 되새기며
울분을 토하고 있다

삼천 명의 희생자들이여

누구를 원망하겠는가…
당신이 있었기에 세상은 더 가까워지고
당신이 있었기에 자유는 살아있지 않느냐…

영혼들이여 편히 잠드소서
주인 없는 빈자리 피우지 못한 여린 꽃들
어찌 눈물로 감당하리

멘하탄은 지금도 울고 있다
—「멘하탄은 울고 있었다」 전문

목덜미에 달랑달랑

연분홍 립스틱 파르라니

간드러지는 눈초리

내 마음 흔든다
—「방울꽃」 전문

## 남기고 싶은 말

시와함께(Along with Poetry) 시인선 032

주한태 제7시집

청노루 똥은 하얗다

발 행 2024년 5월 27일

지은이 주한태

펴낸이 양소망

펴낸곳 도서출판 넓은마루

주 소 (03132) 서울특별시 종로구 삼일대로 30길21, 410호(낙원동, 종로오피스텔)

전 화 02-747-9897, 010-7513-8838

이메일 withpoem9@daum.net

출판등록 제2019호-000100호

인쇄 · 제본 (주)지엔피링크



ISBN 979-11-90962-40-7(04810) 979-11-90962-04-9 (세트)

값 12,000원